答えが運ばれてくるまでに

A Book without Answers

文・時雨沢恵一
絵・黒星紅白

どんなに考えても、
今は答えが出ないことがある。

時間が経たないと、
未来にならないと、
分からない答えがある。

それまでに――
答えが運ばれてくるまでに、
僕達は、何を考えるだろう？

「つよくなりたい」


「私は、強くなりたい」

「強くなって、どうする？」

「弱い者を守ることができるようになる」

「弱い者とは、誰だ？」


「私」

「ふたつのこと」

大好きなあなたへ。
してほしいことと、
してほしくないこと。
それぞれ、
たった一つずつ。

幸せになってほしい。

先立たないでほしい。

#「じたばた」

もしあなたが水に落ちてしまったとき——
無理に泳ごうとしてはいけない。

立ち泳ぎでは浮力が減って、
ずっと動いていないと息ができず、
やがては体力を消耗して、沈んでしまう。

ふっと力を抜いて、
手を開き仰向けになると、
すっと浮力が増えて、体は浮かぶ。
顔が水面から出て、息もできる。

もしあなたが大きな困難にぶつかってしまったら——
ひとまず力を抜いてみよう。
空を、見てみよう。

「おこる」

人は怒ると、

血圧が上がり、
顔が上気し、
眉根が寄り、
声が大きくなり、
喉が渇き、

そして何より――
自分が正しいとしか思えなくなる。

#「みえるものとみたいもの」

今日は晴天。
ピクニックに出かけた。
太陽と澄んだ青空が、本当に素晴らしい。

今日は晴天。
畑の水まきに出かけた。
太陽と澄んだ青空が、本当に憎らしい。

今宵は満月。
お月見に出かけた。
白く明るい月が、本当に素晴らしい。

今宵は満月。
流れ星の見学に出かけた。
白く明るい月が、本当に憎らしい。

「べんりなどうぐ」

やっと、便利な道具を手に入れた。

ずっと使いたくて、
その日まで大切に保管していて、
時々眺めてはニコニコして、

でも、一度使ったら、
もうその道具のことは、すっかり忘れてしまった。
あんなに大事にしていたのにね。

それでも幸せ。
使い方を間違えなければ、
人生を幸せにしてくれる便利な道具。

それがお金。

「しあわせ」

幸せになれる可能性がある人は、不幸にもなれるし、
不幸になれる可能性がある人は、幸せにもなれる。

幸せに慣れた人は、不幸にはなかなか慣れないし、

不幸に慣れた人は、幸せにはなかなか慣れない。

「やくめ」

ある日のことだ。
俺は、一本の蝋燭になってしまった。

そして、火をつけられた。

煌々と燃えるにつれて、
俺の体はゆっくりと、だが着実に短くなっていく。

燃えつきたら、俺は消えてしまう。
燃えつきたら、俺は死んでしまう。

嫌だ！
消えるのは嫌だ！
燃えるのは嫌だ！

どんなに足掻いても、
蝋燭の俺には、
自分の火を消すことはできなかった。

火は揺らめき、
世界を照らし続ける。

それはつまり、
誰かが、俺を頼りにしているということか？

この光が、
誰かの、役に立っているということか？

いいだろう……。
ならば！
燃えよう！

誰かのために、
この命を捧げよう！

誰かのために、
蝋燭として、この一生を終えよう！

さあ、俺をもっと燃やせ！
俺を、もっと輝かせろ！

あ……、ちょっと待て。
誰だ？　俺を消そうとしているやつは？
まだ残っているぞ俺は！
まだ燃えられるぞ俺は！
バカ！　ヤメロ！
おいっ！　こらっ！

あ。

なんということだ……。
俺は火を消されて、暗い箱の中にしまわれてしまった。

「きんしすること」

人は、見知らぬ人より友人・知人に騙される。
人は、見知らぬ人より友人・知人に殺される。

信じていた人から騙されるからといって、
人を信じることを禁止する者はいない。

知っている人から殺されるからといって、
人を知ることを禁止する者はいない。

立入禁止

「じぶんにはないもの」

西暦20××年——

地球人に、宇宙人からの通信が届いた。

N

『私達は、あなた達の発信したテレビ電波を受け取りました。
そして、いろいろな番組を見て、あなた達のことを知りました。
地球のことを知りました。地球人のことを知りました。

結論から申し上げますと――
あなた達地球人は、とても素晴らしいところがたくさんです！
だから、私達と永久的な友好関係を結びましょう！

今はまだ、お互いの惑星を行き来することは出来ませんが、
こまめに連絡を取り合いながら、未来に向けて生きていきましょう！』

地球人はもう、割れんばかりの大喜び。
急いで返事を出した。

『人類史上もっとも嬉しい出来事です。
こちらこそよろしくお願いします。
いつかお互いが会える日を、地球人一同、
心から楽しみにしています。

そして、もしよろしければ教えてください。
私達地球人の素晴らしいところは、なんでしょうか？
あなた達を迎えるまで、
それらに磨きをかけておきます』

答えが戻ってくる数年の間に——
地球人はそれが何か考えた。
誰かが言った。お互いを支える愛か？
誰かが言った。産み出してきた文化か？
誰かが言った。創り上げた芸術か？

そして、待ちに待った返事が来た。
たくさん来た。

『信号というルールがあるのに無視して
事故を起こしてしまう懐の深さです！』
『神様と皆の前で誓うのに、
あっさり離婚してしまう潔さです！』
『負けても負けても有り金を賭け事につぎ込む、
挑戦の心です！』
『保護すべき我が子を手にかけることができる、
自然の摂理への反抗心です！』
『お金目当てに結婚したり、
殺人したりできる、
純粋すぎる欲望です！』

『有史以来繰り返して身につけた、
戦争の上手さです！』
『肌の色が違うだけで相手を嫌うことができる、想像力の豊かさです！』
『残して無駄にすることが分かっているのに食事を出すことができる、
包容力です！』

他にも百八個くらい理由が並べられて――
地球人は、返事を出すか悩みはじめる。

「おとなになるために」

大人が子供にするべきは、
〝悪いこと〟から
遠ざけ続けることではなく、

〝悪いこと〟から
遠ざかる方法を教えること。

「たからさがし」

人は、そこにあると信じているものを見つける。
自分の人生に幸せがあると信じている人は、やがてそれを見つける。

自分の人生に不幸しかないと信じている人は、やがてそれを見つける。

「じゆう」

手枷と足枷をつけられている人が――
首輪をつけられそうになって反対した。

結局つけられることはなく――
その人は嬉しそうに叫んだ。

「私は自由だ！」

#「かちぐみとまけぐみ」

もし〝勝ち組〟と〝負け組〟があるとしたら――、
自分はどっちなのか全然気にならない人は〝勝ち組〟で、
自分がどっちなのか始終気にしている人が〝負け組〟。

2
1
3

「すべきこと」

十歳までにやっておいた方がいいことは、
たぶん――「誰かに愛されること」。
自分は他人に必要とされているという感覚を身につけるための、
とても重要なこと。
でもこれは、これだけは、自分の力では出来ないこと。

十代のうちにやっておいた方がいいことは、
たぶん――「失敗」。
いろいろなことに挑戦して、いろいろな方法で失敗して、
いろいろな手段を学ぶこと。

二十代のうちにやっておいた方がいいことは、
たぶん――「挫折」。
十代ではまだ早すぎるし、
三十代では遅くて取り返しがつかないこと。

三十代のうちにやっておいた方がいいことは、
たぶん——「成功」。
決して大成功じゃなくてもいい、ある程度の成功。
それがその後の人生の励みに、
ひいては大成功に繋がること。

四十代のうちにやっておいた方がいいことは――
誰かの言う、「四十代のうちにやっておいた方がいいこと」という言葉に
惑わされないこと。

「かち」

どんなことがあっても過去には価値があり、
どんなことが起きても未来には価値があると思えるなら、
そんな今にはかけがえのない価値がある。

「なまえ」

私が小学校に通い始めたとき、
名字がたった一文字違いのクラスメイトがいた。
そして、下の名前はまるっきり一緒だった。
ひらがなであり、男子にも女子にもあり得る名前だ。

しょっちゅう呼び間違えられた。
友達も教師も、呼ぼうとすると、無意識に間違ってしまうそうだ。

生徒の少ない田舎町のこと。
小学校、中学校、高校と、ほとんどずっと同じクラス。
間違われて驚いたり、それをネタにからかわれたり。
名前が似ていて、いいことなど何もなかった。

お互いが、相手を邪魔だと思って、
二人の仲はずっと悪かった。

何度も思った。
どうして運命の神様は、こんなやっかいなことをしてくれたのか。
どうして私に（そして相手にも）、こんな厄介ごとを与えたのか。

どちらかが名前を変えれば、問題は解決するのに。
ずっと、そう思っていた。
ずっと、そう思っていた。

そして今日、私は役所に行って、名前を変更してきた。
これで、呼び間違えられることは、永遠になくなった。

なくなったのだが――
今度は、どっちが呼ばれたのか、まったく分からなくなった。
でも、運命の神様が本当にやりたかったことは、分かった。

「ともだち」

むかしむかし、あるところに、
一匹のドラゴンがいました。

まるで山のような、大きな体。
黒曜石を纏ったような、黒く硬い鱗。
象を丸呑みにし、灼熱の炎を噴く口。
死神の鎌のような、黒光りする爪。
一振りで強風を産み出す、巨大な翼。

ドラゴンは思っていました。
自分がこの世界で、もっとも強く、もっとも優れた生き物だと。

遥かな蒼穹を飛びながら、
何千年も何万年も孤独に生きていたドラゴンは、
「ん？」
あるとき、人間という生き物を見つけました。

人間達は――
言葉を操り、
道具を産み出し、
火を巧みに扱い、
農地を耕し、
家畜を育て、
家を造り、
次々と版図を広げていきます。

他の動物とは明らかに違うその能力を見て――

「なんとすばらしいことだ！」

ドラゴンには分かりました。

人間は道具を発展させ、
やがては自分をも凌ぐ存在になることが。

ドラゴンは、人間の村の中に降り立つと、

「すばらしい人間達！　我の友になろう！」

思いつく限りの、精一杯の好意を表しました。

その叫び声は、人間の耳と脳を破壊しました。
その握手は、人間の体を切り裂きました。
慌てて飛び立った羽ばたきは、家々を全て吹き飛ばしました。

村が一瞬で〝全滅した〟
その噂はあっという間に駆けめぐり――
以来、空にドラゴンの影を見るだけで、
人間は洞窟の奥深くに逃げるようになりました。

それからというもの、ドラゴンは、
人間達をもう二度と傷つけないように、
その幸せな生活を脅かさないように、

遠い遠い山の上から、
今も、大好きな人間達の様子を眺めているのです。

友達になりたいなと思いながら。
少し寂しいなと思いながら。

「たんじょうび」

大きな災害が起きた日。

この日は、たくさんの人が死んだ、忘れてはならない追悼の日。
この日は、たくさんの人が新しい人生を歩み始めた、誕生の日。

産まれた人は、
最初は泣いてばかりだけど、
やがて立ち上がり、
歩き始める。

時雨沢恵一　著作リスト

お茶が運ばれてくるまでに　~A Book At Cafe~（メディアワークス文庫）
夜が運ばれてくるまでに　~A Book in A Bed~（同）

答えが運ばれてくるまでに　~A Book without Answers~（同）

キノの旅　the Beautiful World（電撃文庫）
キノの旅II　the Beautiful World（同）
キノの旅III　the Beautiful World（同）
キノの旅IV　the Beautiful World（同）
キノの旅V　the Beautiful World（同）
キノの旅VI　the Beautiful World（同）
キノの旅VII　the Beautiful World（同）
キノの旅VIII　the Beautiful World（同）
キノの旅IX　the Beautiful World（同）
キノの旅X　the Beautiful World（同）
キノの旅XI　the Beautiful World（同）
キノの旅XII　the Beautiful World（同）
キノの旅XIII　the Beautiful World（同）
キノの旅XIV　the Beautiful World（同）
キノの旅XV　the Beautiful World（同）
学園キノ（同）
学園キノ②（同）

学園キノ③（同）
学園キノ④（同）
学園キノ⑤（同）
アリソン（同）
アリソンII　真昼の夜の夢（同）
アリソンIII〈上〉　ルトニを車窓から（同）
アリソンIII〈下〉　陰謀という名の列車（同）
リリアとトレイズI　そして二人は旅行に行った〈上〉（同）
リリアとトレイズII　そして二人は旅行に行った〈下〉（同）
リリアとトレイズIII　イクストーヴァの一番長い日〈上〉（同）
リリアとトレイズIV　イクストーヴァの一番長い日〈下〉（同）
リリアとトレイズV　私の王子様〈上〉（同）
リリアとトレイズVI　私の王子様〈下〉（同）
メグとセロンI　三三〇五年の夏休み〈上〉（同）
メグとセロンII　三三〇五年の夏休み〈下〉（同）
メグとセロンIII　ウレリックスの憂鬱（同）
メグとセロンIV　エアコ村連続殺人事件（同）
メグとセロンV　ラリー・ヘップバーンの罠（同）
メグとセロンVI　第四上級学校な日々（同）

メディアワークス文庫

答《こた》えが運《はこ》ばれてくるまでに

~A Book without Answers~

時《し》雨《ぐ》沢《さわ》恵《けい》一《いち》／黒《くろ》星《ぼし》紅《こう》白《はく》

発行　2011年12月26日　初版発行

発行者　高野 潔
発行所　株式会社**アスキー・メディアワークス**
〒102-8584　東京都千代田区富士見1-8-19
電話03-5216-8399（編集）
発売元　株式会社**角川グループパブリッシング**
〒102-8177　東京都千代田区富士見2-13-3
電話03-3238-8605（営業）
装丁者　渡辺宏一（有限会社ニイナナニイゴオ）
印刷・製本　旭印刷株式会社

Printed in Japan
ISBN978-4-04-886267-7 C0193

メディアワークス文庫　http://mwbunko.com/
アスキー・メディアワークス　http://asciimw.jp/

本書に対するご意見、ご感想をお寄せください。

あて先
〒102-8584　東京都千代田区富士見1-8-19　株式会社アスキー・メディアワークス
メディアワークス文庫編集部
「時雨沢恵一先生」「黒星紅白先生」係

メディアワークス文庫

書き下ろしオールカラー!

あなたはイスに座って、
ウェイターが注文を
取りにきました。
あなたは一番好きな
お茶を頼んで、
そして、
この本を開きました。
お茶が運ばれてくるまでの、
本のひととき——。

お茶が運ばれてくるまでに
A Book At Cafe

文●時雨沢恵一　絵●黒星紅白

ドキリとする、ウルッとする、元気になる、胸が痛む、
答えを探す、大切な人に会いたくなる、
そんな〝心動く掌篇〟18篇を収録。

発行●アスキー・メディアワークス　し-1-1　ISBN978-4-04-868286-2

メディアワークス文庫

書き下ろしオールカラー！

小さな村に、
一人の男の子がいました。
小さな村に、
一人の女の子がいました。
おばあさんは二人を
自分の孫のように
可愛がり、
夜が来るまでに
わずかな時間に、
いろいろな
お話しをしてくれました。

夜が運ばれてくるまでに

A Book in A Bed

文●時雨沢恵一　絵●黒星紅白

ドキリとする、ウルッとする、元気になる、胸が痛む、答えを探す、
今はいない人を思い出す、そんな“心が動く掌編”25篇を収録。
眠るまでのひとときに……。

発行●アスキー・メディアワークス　L-1-2　ISBN978-4-04-870235-5